진주앓이

김진주 시집

시음사
시사랑음악사랑

QR코드 스마트폰으로 QR 코드를 스캔하면
시낭송을 감상할 수 있습니다

 본문
시낭송
감상하기

 제목 : 시 깁는 여인
시낭송 : 박순애

 제목 : 봄 그 사랑 그 추억
시낭송 : 박태임

 제목 : 아이리스
시낭송 : 박영애

 제목 : 낮과 밤의 이면은 하루를 채우고
시낭송 : 박영애

 제목 : 꽃보다 아름다울까?
시낭송 : 박영애

 제목 : 꽃잎의 사연
시낭송 : 박영애

 제목 : 그리운 내 동무
시낭송 : 박영애

 제목 : 오월과 유월 사이
시낭송 : 박영애

시인은 자연을 이야기하고
시낭송가는 자연을 품었다
글자는 날개를 달아 언어로 날고
소리는 자연에 눕는다

시인의 말

진주 앓이 / 김진주

가슴에 묻어둔 사연

그리움은 시가 되고 눈물이 되고

오색 잉아 줄로 맺은 언약

어느 가을날 진주를 품은 여인

수정처럼 맑은 눈에

그리운 눈물은 바다 되어

하늘에 닿는다.

시인 김진주

* 목차 *

＊ 목차 ＊

시 깁는 여인

새벽안개 자욱이 피어오르고
잠에서 덜 깬 채 눈을 비비며
카디건을 주섬주섬 걸쳐 입고
문을 나서는 나는 시 깁는 여인

바쁜 걸음 뒤로 열구름 따르고
주머니 채우려고 버스에 몸을 맡겨
알 수 없는 세상 속으로 들어가니
마음은 활활 타오르는 활화산이 된다

널 향한 그리움으로 목마른 나는
이곳저곳 발을 내디뎌 찾아 헤매고
흩어진 조각조각을 주워 담으며
아름다운 시를 머릿속에 그려본다

뜰에 내린 달빛 꽃살문에 스밀 때
고단한 하루를 마감하고 돌아와
주머니에 불룩이 담긴 조각을 꺼내
한 땀 한 땀 예쁘게 시를 깁는다.

제목 : 시 깁는 여인
시낭송 : 박순애
스마트폰으로 QR 코드를 스캔하면
시낭송을 감상할 수 있습니다

그리움은 마음에 호수가 되어

산 너울에 두둥실 해 질 녘
서산에 걸쳐 길게 누운 산그늘

애써 보내려 하지 않아도
땅거미 다가와 밤을 부르고 있다

기다리지 않아도 어둠은 내리고

여명을 뚫고 진주처럼
영롱한 이슬 품고 아침을 맞는다

반짝이는 마음은 햇살 아래 호수요

그대 향한 마음은 호수 속에
여울지는 은가비 되고 싶어.

사랑하고 싶은 가을

가을 속에서

붉은 노을의 세레나데는
매 순간 마주하는 햇살과 바람의
진한 애무로 교감하는 모든 것에
축복을 증과 시켜 놓고 윙크로
화답합니다

먼 산의 가을은 무르익어 가며
요염한 아낙네 볼기짝처럼
발그레 상기되어 길게 누운 산그늘에
어서 오라고 손짓하며
수묵화를 그리려 합니다

무지개 품은 계곡엔
구절초 향기 그윽하고
진줏빛 여울지는 능선엔
너울너울 꽃물결 일렁이니
사랑하기 딱 좋아서
바람과 격정적으로 애무를 하며
뒹굴다 쓰러지는 낙엽
아! 사랑하고픈 가을입니다.

도둑맞은 마음

곤잠 깨 문을 열어 보니
아침이 오려면 아직 이른 새벽
허허로운 마음 매미들의
노랫소리로 하루를 열어봅니다

떠나 버린 님의 자리는
마음의 깊이를 알 수 없는
깊은 나락으로 곤두박질치고
시간이 약이라 하는데

어디까지 가야 하나 언제쯤이면
허한 마음 채울 수 있을지
비워진 머릿속은 하얗고
도둑맞은 마음은
밥을 태우고 있습니다.

화무십일홍

화무십일홍이라
곱게 피었던 여름 꽃송이
몸뚱이 채 툭 내던지며 이별을 고한다
여름꽃은 그렇게 비련으로 여기저기서 툭 툭

웃는 듯하나 울고 있었고
울고 있으나 웃는 듯하였고
눈물인지 빗물인지 알 수 없고
빗소리 요란하여 너의 웃음소리
들리지 않는다

가슴에 품은 사랑이 짙어
절규를 하고 통곡하듯 활짝 피어
손짓을 하는 애달픈 순정의 나리꽃
남산자락에 들꽃으로 향기를 뿌려놓는다.

하얀 나그네

하얗게 밀려오는
길 잃은 나그네
초목의 어깨를 적셔놓고

올 듯 말듯 사랑인 듯
호기심에 다가서면
수줍은 듯 사라져 버리고

이 내 다시 날개를 펄럭이며
저 산 아래에 그리움으로 물들이며
살포시 내려앉는다

산허리에 걸쳐진 아련한 기억은
초연히 쓸고 간 깊은 애상으로
이슬 맺혀 가슴에 파고든다

산책을 나선 뒤

7월의 어느 햇살 고운 날
삿갓을 쓴 바람은 뒤짐. 쥐고
담장을 넘어 산책을 나선다
나리꽃 군데군데 군락을 이루고

적 백힙 향 고를 찌르고 노송의 신한 송향
햇살을 가르며 한적한 산책길에
바람의 어깨에 살포시 내려앉아
뇌리에 거미줄을 만든다

삿갓을 쓴 바람은 내일이면 치자꽃이
피어날 것을 알고 있다 칠월은
누군가에게는 이별이 있고
누군가에게는 만남이 있지만
삿갓 쓴 바람은 결자해지
회자정리라.

수양버들

바람도 쉬어가는 버들가지 우듬지
구름 한 조각 볼기짝을 살짝 기대며
말하기를 능수야 버들아
갈래갈래 늘어진 기지마다
어찌 그리도 여유롭냐

보이는 세상만큼 보는 만큼
세상사 오만가지를 다 품고
있을진데 갈래갈래 늘어진
가지마다 만 고의 풍류를 읊는구나

세상사 다 내려놓은 듯
춤을 추는 너는 만 가지 소원을
품고 있는 서낭당 소원 나무 같구나.

어머니와 감나무

세월은 말이 없고
싸리문 밖 감나무는
옹이가 되어 온몸으로
반깁니다

곱디곱던 과수원집
아씨는 어디 가고

거북이 등껍질처럼
둔탁한 손으로 세월을 다독이며
미소만 짓고 있네요

장독대 옆
장다리꽃보다도
굽은 허리가 더
아름다운 당신

절대 그 자리를
비우지 마세요

동구리 속에 담긴 추억

할머니께서 만들어 주신 쑥버무리
아껴 먹으라며 한 뭉텅이 주시고
나머지는 동구리에 담뿍 담아
부엌 시렁 위에 올려놓으셨다

게 눈 감추듯 먹은 코흘리개 소녀는
더 먹고 싶어 까치발 들고 효자손으로
동구리 밑을 툭툭 건드려 바닥에
'쿵' 떨어뜨려서 그예 손에 쥐었다

인절미와 시루떡도 아닌 쑥버무리
동구리 뚜껑을 열자 쑥 냄새 가득
보드라운 맛이 입안 가득 맴돌고
점방에서 팔던 왕사탕보다 더 좋다

세월이 지난 지금 동구리를 보면
어린 시절 먹던 쑥버무리가 생각나고
해 질 녘 서쪽 하늘의 노을처럼
진 할머니가 정말 그립고 보고 싶다

마지막 여행길

하얀 눈물 바람 타고 춤을 출 때
괴나리봇짐 모시 적삼 고운 날개
사뿐히 접어 품에 안고
평온한 미소 지으셨네

굽이굽이 길어온 세월
발자국마다 억장을 끼워 놓은 듯
석양은 말이 없고 눈물만
하염없이 녹아내리네

흐르는 강물처럼 맑은 하늘처럼
넓은 바다처럼 살아오신 당신
하얀 눈물 하얀 날개 고이 접어 나빌레라

먼 여행 하늘길
무지개다리 건너가실 때
어서어서 복사꽃이라도 피어나길.

어느 사랑 그리고...

어디로 가야 하나
망설인다
높고 푸른 하늘
바람에 채여
허공을 맴돌다

어디로 가야 하나
어느 좋은 날

자작나무 언저리에
짜릿하고 달콤한
애무가 한창이다
떡갈나무 사이에 들어
사랑의 떡방아로
아그네스가 자라난다.

첫 마음

첫걸음으로 세상 밖에 날개를 펼 때
우리는 많은 것에 견주어 맞서고
대적하며 살아갈 것을 알고 있다
그 마음에 고운 흔적만을 남기며

말사국마다 옥고를 새기려 한다
녹록지 않는 세파에 뒹굴며
내일에 너를 만나러 분주히
움직이려 한다

어제 걸어 온 길이 음지였다면
이젠 서서히 양지로 쉼 없이
걸어가야만 한다 내일의 너를
만나러 천양운집을 소망하며!

인연

세상 속에서 당신과 내가 우리가
이분법으로 선택을 하지만
보이지 않는 또 하나 인연
늘 우리를 기다리고 있지요

삶은 그렇습니다
예상치 못하게 닥치는 역경과 곤궁
암흑 같은 벽이 우리에게 현명하고
지혜로운 선택하기를 기다리고 있지요
인연의 굴레 속에서

많은 사연들이 오고 가며
선택을 하게 하지만
오늘만은 꼭 좋은 글
좋은 생각으로
행복한 미소만이 우리 곁에
머물렀으면 합니다!

양의 탈을 쓰고 있는 늑대

선 이는
거꾸로 서서 한탄하니
댕강댕강 조각이 만들어지고

정 이는
바르게 물길을 잡으려 하나
흙탕물 속에 미꾸라지

명 이는
없고 엉큼한 매생이 구름
음탕하게 미소 짓는구나!

청 이는
하늘 본질을 흩트리고
손바닥으로 가린 얼굴

늑대는
양의 탈을 쓰고도 흔적을
삼키려고만 하네!

해님 없는 아침

그대 없는 세상의 아침
모든 것이 찰나로 지나가는 시간
어김없이 약속이란 시간에 매인 채
하루는 시작되고 덧없이 바라본
공간에 어둠이 짙은 것은 아직
해가 뜨지 않아서인가

중천에 있어야 할 님
매지구름이 품고 있으니
기력이 쇠하고 심장은
마비되어 품는다는 것은
절대 행복하지만은 않을 터
해님 정말 그대는 좋으신가

앙탈도 부리고 생떼도
쓰면서 좀 나와 보시지 그려
기대할 수 있는 날 기대한 만큼
열심히 살았노라고 말할 수 있는 날.

가난한 시인의 마음

곱디고운 마음
다 담고 싶지만
내 마음이 작아서
부끄럽고

아름다운 시언
고이고이 접어
다 품고 싶지만
내 가슴이 좁아서
안타까워라

너를 위해 내 모든 걸
다 내어 주고 싶지만
텅 빈 주머니가 허접하다

달빛 벗 삼아
서성이는 발끝은
세상을 향해 웃고 있다.

부레옥잠

꽃 비녀 연지 곤지 족두리
물 위에 녹색 치마 사려 입고
화르르 피어 타오른다

사 그르듯 접어들어 눈물 삼키며
하루를 살아도 괜찮아
당신을 사랑했으니

눈물겨운 사투는 일순간
조용히 사랑했던 기억 품고
녹아 내리는 부레옥잠

찢긴 마음에
흐느끼는 눈물은
이슬이 되고 꽃비가 되었네.

긴 한숨 속에

나무는
늘 말이 없다

울면서도
껍질 속에 감추고
험난한 길
세찬 비바람이 와도
껍질 속에 꼭꼭
숨기면서

아니기를 바라고
다스리고
아우르는
마음을 꼭꼭
숨겨둔다
그러다 옹이가
되어버리겠지만

그리운 바람처럼
사라질 것도 아닌데
미운 파도처럼
부서질 것도 아닌데

가시를 품은 나무는
더 긴 한숨을
쉬고 있을 것이다.

묻어둔 도토리는 찾을 수 있을까

떠나가네 매듭달이
마지막 남은 여린 자리
촉촉했던 풀 내음도
오색의 색동 낙엽도

파란 하늘 인구 심아
탁배기 한잔 기울이던
오붓한 기억도 훌훌 털고
아스라이 떠나가네

아쉬움일랑 한잔 술에
털어 버리고 그리움은
샛강 나룻배에 태워
두둥실 띄워 보내리

아픈 것은 아픈 대로
묻어두고 떠나가네!

능소화 연정

시절을
거역할 수 없어
겹겹이 이슬을 삼키고
가슴에 품은 사랑
토해낼 수도 삼킬 수도 없어
절규를 하네
사랑한다 전할 수 없어
단장을 부여잡고
켜켜이 쌓인 억장
선홍의 꽃 장으로
수를 놓는다.

문틈에 걸려 울고 있는 그리움

시린 겨울밤
그대는 어디에
무얼 하고 계시나요
그리워서 울다 떨다
검은 하늘 검은 창밖
흐릿한 볼빛 히니에
겨우 추스르다
휑하고 스치는 바람에
나는 그만 울고 말았네!

북풍한설 긴긴 겨울
그대는 어디에 계시나요
희로애락 같이하자던
언약은 어디 가고
창문 틈 비집고
들어오는 바람 소리는
슬픈 아쟁 소리 같고
살갗을 훔치며 머무르는
그리움은
찢기는 한지와 같아라

그대 향한 그리움은

늘 그렇게 깊은 밤 검은 창에

부딪혀 파르르 떨다 울다

짙어만 갑니다.

달빛 소나타

배부른 달
초저녁 반짝이는 가로등 보며
비웃네 배를 두드리는 뚱뚱한 달
당나귀 귀를 달고도 엉큼한
매생이 구름 꼬임에 넘어가고 말았지

달이 사라지고 검은 밤
별빛만이 호수 위를 걸어간다
배고픈 달은
잘록한 허리를 하고
은하수 속에 스며
떨어지는 별똥별을
주워 먹는 생
달콤한 솜사탕은 아니지

엉큼한 여우구름
장난질에 달은 사라지고
검은 밤은 그림자를 삼켰네
떨어질 병똥별이 없어
배고픈 호수
뚱뚱한 달이 미워요.

꿈을 꾸었네

은하수 일렁이다
호수가에 별빛 내리고
검둥개 울어 지쳐 잠든 밤

저하늘 끝자락에
반싹이넌 너였을거야
깊은 밤 살짝이 내려와
이야기를 만들고

아침이 오면
하얀미소 남겨두고.

파도

그대 그리운 사연 하나
산산이 부서지는 파도
가슴에 새길까 눈에 담을까
품에 안을까

곳 돌아오리라 갈매기 따라
노래하네 바다는 말이 없어
해당화 눈물짓고

눈물 섞인 파도만이
철석이며 하얗게 부서진다

담을 수도 새길 수도
안을 수도 없는데
야속한 파도는 다시 와
또 부서진다!

기억

이제 와 생각해 보니
어느 것 하나 소중하지
않은 것이 없었네

기다리던 날
기다렸던 순간 그 순간들
덩그러니 남겨졌던 자리엔
지금도 끄적였던 흔적이
상처로 남아서

황폐해지고 쑥대머리 진 채
긴긴날을 슬퍼하고 있었던
그 자리에 바보처럼!

가난한 시인의 절규

곱디고운 마음
다 담고 싶지만
내 마음이 작아서
부끄럽고

아름다운 사연
고이고이 접고 접어
다 품고 싶지만
내 가슴이 좁아서
안타까워라.

너를 위해 내 모든 걸
다 내어 주고 싶지만,
텅 빈 주머니가 속상하고

떠밀리는 구름이 안쓰러워
한마디 위로라도 해보지만
헛헛한 마음 달빛 아래 외롭고
갈길 잃어 서성이는 이내 걸음
또한 눈물겹네!

나 한 세상 살다가
어느 날 가게 되는 날
너를 위해 아낌없이
다 내어주고 가고 싶다!

달맞이꽃

해거름 달뜨면 보암보암
일생을 그리움에 눈물 흘리며
고개를 떨구는 밤의 여인

어제는 달빛 풍성하여
임 마중하러 꽃등 밝히고
오늘은 달빛 허름하니
눈물겨워 울고 있네

한 번쯤 사랑하며
한 번쯤 행복해지고 싶어
그리운 마음 애가 타
홀연한 임 소식

산허리에 시선을 두고
기다리다 소원 빌며
홀씨라도 있었으면
그대 곁에 날아가 보련만!

인동초

밟히고 뭉개져도
모진 세월 견디었노라

긴긴 세월 자유를 갈망하며
하늘 향해 하얀 눈물 날리었노라

삭풍도 댓바람도 온몸으로
부딪쳐 삼켜 담았었노라

앙상한 가지 끝에
이슬 마를 날 없었노라
파란 하늘에 하얀 비둘기
휘날리는 날 기다리며.

눈물의 술잔

누구나 한 번쯤 혼자
기우는 술잔이 있었으리라
애꿎은 술잔만 덩그러니
삼켜버린 지난날의 사랑이
야속하여 한 모금
그리워서 두 모금이라

술잔에 동동 뜨는 임의 얼굴
부족한 성정 부끄러운 시간이
서러워 눈물짓고 채우지 못한
아쉬움에 흩날리는 이슬방울

잉여줄로 맺은 예쁜 약속은
그림자처럼 사라지고
부엉이 슬피 우는 시린 겨울
달 기울어 어둠만이 짙어지니
더 그립고 더 애달파라

한 모금에 마음 달래며
두 모금에 가슴 쓸어내리네.
누구나 한 번쯤은 혼자 기우는
술잔이 있었으리라
달이 잔 속에 떨어졌네!

금잔화 사랑

사랑이여
금빛 술잔에 가득 채운 사랑
밟히고 꺾여도 긴 나날을 피우고
또 피우며 애타는 마음 임의사랑 간곳없어
애달파라 야속해라

내 사랑이여
눈물짓는 한세월 이슬진 향기로
꽃등 밝히니 겹겹이 어여쁘고 행복하여라
아파도 아파할 수 없어 더 고아라 천상의 꽃
아름다움은 뒤로한 채

아픈 내 사랑이여
부디 기억해주오. 시나브로
슬픔으로 탄식하고 애잔한 마음은
눈물 잔에 담아 두었네! 사랑의 향기는
허공에 날리고 애끓은 성토는 토해내는
짙은 향기였어!

가을날의 산책

두둥실 수를 놓는 구름빛
너울너울 여울지는 하늘빛
세상이 아름다운 무지갯빛

온몸으로 노래하는 벌 나비
춤을 추며 나무와 꽃들 사이
무지갯빛 지천에 여울진다

햇살과 손을 잡고
맑은 공기와 대화를 하며
지난가을 걸었던 오색의 뜰을
걷고 있네.

샛별 되어 빛나리

먼 옛날 아물지 않는 사연
토해내며 반짝일 때 시선을
붙잡고 영롱한 별 하나가
찬란하게 빛을 품어낸다

아스라이 은하수 내려진
밤하늘 저만큼 닿을 듯
말 듯 보일 듯 말 듯

아무도 찾지 않던 쓸쓸한 별
그렁그렁 눈물짓던 어느 날
서슴서슴 초롱초롱 별
샛별 되어 빛나리.

어머니 버스에 오르시고

어머니는

주인 잃은 텃밭

멍멍이 야옹이

그 친구들이 더 보고파서일까요

나는 서울이 싫다

갑갑하고 미리 아프다 하시며

한사코 버스에 오르십니다

딸은 퉁퉁 부어 투정입니다

엄마! 딸보다

그것들이 더 좋아요?

중년의 딸은

유치한 시샘 질을 합니다.

나리꽃

하늘 닿는 능선 자락
손 닿을 듯 하늘거리는
나리꽃

가슴에 품은 사랑이 짙어
검붉은 눈물 흘리며
절규하는

애달픈 순정 꽃살 등에 업고
통곡하듯 활짝 피어
손짓하네.

우렁각시의 행각

초여름 은하수 별바다에
생각의 주머니는 열리고
우렁각시의 행각이
시작되지
덜어내고 또 덜어내도
비워내고 또 비워내도
다시 채워놓는 생각 주머니
어느새 또 가득 채워 놓고
다시는이라는 거짓말을 하며
하얀 이별을 하지
추억이란
생각해 보면 한 순간도
아름답지 않은 것이 없었고
한 순간도 소중하지 않은
것이 없었다
똑똑 어느새
새벽이 오고 있다
바람은 어느 분의
아침을 깨우려나
저만치 내달리고
밤사이
비가 온 것일까
촉촉이 젖은 잎새 만이
글썽이고 있네
아련한 그리움은

내 가슴에도 촉촉이
스며들어 다독이며
울지 마라 하네
그리움이란
흐드러지게 피고 지는
꽃도 아픔으로 울컥
가로등 불빛도 애처롭고
뒹구는 낙엽도 가여워
눈시울 적시게 된다
두둥실 떠가는 구름도
눈물방울로 보이고
흐르는 강물을 보면
누가 저렇게 울어
저 많은 강물이
되었을까 싶고
그리움이란 참
끝이 없는 사연의
바다인 것 같다
지난날 돌이켜 보면
한순간도 귀하지 않은
시간이 없었던 것으로
당신 덕분에 기뻤고
당신 덕분에 행복했습니다
감사합니다

앵두

소잔한 길목
애절한 감성으로
오물오물 꽃샘꽃샘
진주 가루 뿌려놓은 듯
온통 은빛 하늘로
마음을 뺏어 가더니
파릇한 망토 속
알알이 영글어
감성 저격하네
빨간 입술로
유혹하는 앵두 아가씨.

낙화

한 송이 꽃이라도 될까
당신 곁에 있을 수

당신 곁에
머물 수 있다면
내 사랑

시린 마음 봄을
봄이라 할 수 없네

만 계를 펼치기도 전에
꽃이 지네

고운 당신 미운 당신
끌어안고 사랑이라도

슬픈 사랑
가여운 사랑

남몰래 주는 사랑

그대 오시는 걸음에
사품 치는 마음 가득
그대 가시는 걸음에
요요한 미소 가득

그대 이슬 맺힌 눈가에
노랑나비 한 미리
임 찾아 사랑 찾아
어디 가려 하나

남몰래 주는 사랑
엄마의 마음 그대 내 사랑
주고 또 주어도
아니 준 것만 같아
몰래 주고 또 주고도
부족한 사랑
내 사랑 애기 꽃
내 사랑 애기똥풀

그대 가는
길목에
몰래 따라가
모두 드리리

가을은 떠나가네

천지가 추적추적
매지구름 따라
마음도 흐르고
영글었던
정성도 흐르네

엉큼한 그리움은
심장 속에 숨어들어
꼼지락 꼼지락
가슴을 곱으로
저리게 하고

뱃물인 듯 눈물인 듯
흐릿한 안개 속에
싸그락 싸그락
억새 우는 소리

시린 바람에
도드락 도드락
장독대 우는 소리에
쓰라린 마음 달래네

가을에 쓰는 편지

아련한 유년의 기억 속에서
너는 깎아 머리 시커먼 소년
나는 단발 하얀 얼굴의 순둥이 소녀였지
아주 긴 세월 많은 시간을
돌아 너를 만나게 된 것은
중년이 훨씬 시나서 어느 여름

불덩이처럼 차오르던 열정도
풋풋한 청춘도 싱그럽던 젊음
다 지나서 어느덧 걸어온 길 되돌아보며
자식들 출가 걱정하는 어른이 되어 있었네!
테라스가 있던 넓은 유리문 안 뜨문뜨문 드나드는 손님
고즈넉한 커피숍은 저녁노을이 무색했다.

우리는 어제 만났다
헤어진 것처럼 그냥 바라만 보며
참 좋다 자주 보자 그래 참 좋다
가을엔 설악산 단풍 구경
겨울엔 한적한 겨울 바다
보러 가자 했었는데

그해 겨울 너는 긴긴 여운을

남기고 추억이란 페이지 속에

잠들어 있다 한 줌 재가 되어

하늘로 훨훨 날아간 너

니가 떠난 두 번째 가을

낙엽은 유난히 붉게 물들어 가고

시린 마음은 갈바람의 노예가 되어

눈시울 적신다.

가을 낙엽 그리고 눈물

잎이 떨어져
가을이 가나 보다 했더니
친구도 가고 세월도 가고
사랑했던 추억도
내 젊음도 소리 없이
가고 있었네요

길게 누운 노을 그림자
슬피 울어 벌겋게 상기되고
서녘 하늘에서 토해내는
핏빛 노을은 그리움에 지쳐
온천지에 여울져 흐르고

잎새마다 아쉬움에
눈물이 그렁그렁
금방이라도 떨어질 듯
위태로움이 한가득합니다

어찌 이리도 구슬픈 계절이
있을까요?
고히를 바라보면서
잎새 이는 바람
뒹구는 낙엽이 안쓰러워
눈물이 앞을 가립니다.

마음의 창

긴 세월 햇살 속에
스며들어 너울너울 춤을 추며
긴 시간 추억을 먹으며
시간을 등에 업고 향수에 젖었지

이제는 느슨하게 솜사탕처럼
달콤하게 너를 안고 살아가고 싶다
조금 부족하면 어때 부족하면
부족한 데로 넘치면 넘치는 데로

검불 같은 마음 새털 같은 인생
지나고 보니 그리 길지 않은
순간이더라 살다 보니
살아지더라!

싱글벙글 아기 채송화

돌틈 사이
발길 머물다
시선이 머문자리
생각도 머물러
사랑도 머물다
굳세어라
싱글벙글
아기 채송화

참새야 가을에는 날아라

아가는 철이 없어
그땐 몰라
숲속의 순회 만물의 윤회를
그저 바라볼 뿐
세월만 흘려보낸 아가
청춘의 외로운 정원에서
혼자 울다가 시간을 업었네

짹짹 울다 지쳐
쉰 소리 잭잭 직직
날개가 있으나
날지도 못해
다리가 있으나
걷지도 못하는 아가야
피할 수 없으면 부딪혀라

눈물겨운 억겁은
삭풍도 비켜 갈
고매한 허수아비 같은 것
아가야 참새야 울지 마라
울지 말고 한숨 쉬었다가
이 가을에는 날아오르렴
훨훨 날아가려무나,

아사녀의 작은 집

열두 폭 치마 우아한 한복
쪽진머리의 아사녀는
수많은 아사달의 여인으로
그녀가 있는 곳은
시간을 묶어 놓은 정원
세월을 담아 놓은 호수요
그의 속의 하루는
그림 같은 이야기가 있다

아침 점심 복사꽃 피는 봄처럼
그윽한 향기가 흐르다가도
어느새 장미의 향기로 가득하며
아사녀의 집은 늘 삼삼오오
왁자지껄 웃음꽃이 만발하다
어디서 왔는지 무얼 했었는지는
아무도 묻지 않는다

오후에는 뽀얀 안개 너머로
메밀꽃 안개꽃이 피어나고
허름한 걸음 터덜터덜 등이 굽고
바지는 반쯤 내려간 채 땅에 샤워를 하지만
아사녀는 인자한 미소를 짓는다

어스름 땅거미 내리는 밤이 되면
수많은 아사달은 썰물처럼
빠져나가고 아사녀의 밤은
적막 속으로 스며들어
도라지 위스키 한 잔에
긴 하루를 다독인다.

비와 눈물

지난날 돌이켜보면
아픈 사연 삼킨 눈물이
많아서 비가 오는 날이면
명치끝이 쌀싸해지나 봅니다

슴이 뻐근하고 먹먹한 것이
또 울컥하여 눈물이 나려 하고
많고 많은 사연 어찌 몇 자
글로 다 전할 수 있을까요

빗길 위를 쓸쓸히 걷다
뒹구는 낙엽! 채이고 밟히는
돌멩이도 사연이 있는 것이고
결코 나만 슬픈 것이 아닌데
감수에 빠져들어
허우적거리다가

비가 그치면 땅의 만물이
생기 찾아 활짝 웃듯이
언제 그랬나 싶게
히히호호 맑게 웃으며
일상을 살아가겠지요

그리운 것은 그리운 데로
아픈 것은 아픈 데로 묻어두고,

바램

별처럼
달처럼 해처럼
바람처럼 하늘처럼
어딘가 있어도
아무리 시간이 흘러도

네 곁에
있어주리라
맹세는 챙겨볼
시간이 부족하더라
딱 지금처럼

네가 나인 듯
내가 너인 듯
더 줄수없어 눈물겹다고
안타깝고 먹어버린
시간은 체증으로
더부룩하다

묻어버린 아픔은
인고의 잔상 되고
생각은 거미줄처럼
너울너울 휘청거린다.

봄 그 사랑 그 추억

아련한 추억 저편
사랑이 꽃피던 시절
뒹구는 낙엽에도
깔깔대던 시절
복사꽃 불빛 아래
뜨기웠딘 입낮춤은
가로수마다 반짝이며
뚝뚝 떨어지는 무지갯빛 사랑
연분홍빛 사랑이 통통 튀었지

내가 너였고 네가 나였던
그런 시절! 잊힌 듯 하다가도
꽃피는 봄이면 초롱초롱한
눈망울 속에 한자리 숨을 쉬며
꽃망울에 이슬을 뿌려놓는다

봄 그 사랑 그 짙은 향기로

뭉쳐진 추억은 한 조각씩 뒤로하고

발걸음 바쁜 복수초

색종이를 찢어 만든 듯한 풍년화

알알이 통통 속살을 내미는 홍매화

단발머리 깎아 머리는

짙은 추억으로 잠이 들고

나풀거리는 설핏에

젖가슴 일렁이듯 온천지에

꽃망울을 터트리고 만다

남겨진 추억은 가지 위에

걸쳐 두고.

제목 : 봄 그 사랑 그 추억
시낭송 : 박태임
스마트폰으로 QR 코드를 스캔하면
시낭송을 감상할 수 있습니다

연꽃

어이
몰랐던가
칠흑 속의
비단 옥구슬
오색 비단이
그보디 고울싸
세상 어느꽃이
그보다 어여쁘랴

억겁의 창보물
곱디곱게 사린 꽃등
꽃살 품고
연잎 사리 이고서
가녀린 몸 휘청이네

그대 향한 그리움은
은빛 이슬이 되고
눈물로 채워진 연못 속엔
찬란히 빛나는 진주!

그리움의 당신 정원에

길고 긴 여정 어디쯤
마음에 향기 담은
동아줄 하나를 잡을까
당신 머무는 그 정원

패진 마음에
짙어지는 그리움
당신 머무는 그 정원에
살포시 발 디뎌 예쁜
꽃 등 밝혀 놓고

당신 그늘지고
멍울진 심상에
정한수 올려놓고
여명보다 더 밝게
웃게 하리라고
두 손 모아 합장하며

사랑이라 말하고
작은 가슴 마음 작은 나비
당신의 정원 그 꽃등 아래
그리움 하나 살포시 내려놓고!

나팔꽃 사랑 아리랑

그대 사랑 아리랑
시리고 저린 사랑
사모하는 마음은
매화보다 고아라
휘청이다
눈물로 일룩셔
그늘진 사랑
아리랑

그리움의 성토는
많은 나날을 지쳐 울어도
마르지 않더라
호수에 비친 달처럼
생이 다할 날까지
이슬 먹고 살다가

오늘은 달 꽃 되어
잠 못 이루고 들숨 날숨
숨죽이다 다시 내 숨 쉬며
달빛 아래 눈 감으면
행여나 임 오실 길 어긋나서
영영 잊어버릴까 봐

달 밝은 은하수 밤바다는
달처럼 말이 없었고
수줍은 나팔꽃 외로이
그 밤을 지키고,

어느 봄볕 이야기

봄날
매화꽃 바람 사르르 불 때
사이좋은 사연 수연이 되고
초연으로 만나서 창밖 거리를
떠돌던 햇살 유리문 두드리다
문득 비십고 들어온 해님
카페 테이블을 감싸 안는다

봄볕
따사로운 뜨락을 거니는 사이 좋은
연인들 질투라도 하듯 멋진 음악은
들러리이고 눈빛 지긋이 발그레한 볼은
홍매화꽃보다 고운 꽃이 되어

봄의
따스한 햇살을 무색하게 하네
한순간도 버릴 것이 없는
곱디고운 사이 옆에만 있어도
좋은 사이 말이 없어도
그저 위로되는 게 곱진 사이

친구 생각

봄을 좋아한 병옥이
봄이 오는 소리와 꽃피는
봄이 오면 명치 끝이
뻐근하게 짓누르고
살랑살랑 봄 바람 꽃잎
날리면 기억 저편 아련한
향기 속에 작은 추억 하나

병옥이는 꽃을 좋아했지
알싸하게 저미는 가슴 한구석
유난히 봄꽃을 좋아했던 너
별이 더 좋아 별이 되어버린 너

꽃은 다시 피어 향기를
천지에 날리고 향기는
아지랑이와 너울너울 춤을 추는데
봄 꽃향기는 저 하늘 그곳에
닿기는 하려나

남산자락 소월길

남산 한 자락 숲
뜨락에 터를 이루고
새소리 벗으로 삼아
어제를 살았고
풀벌레 노래 들으며
오늘을 실아가지
소월길에 살포시 내려
퍼지는 계절의 멋이 맛있고
푸른 녹음 속 스며들어
한 움큼 먹는 오늘은 멋있다.

길 위의 세월

나그네
아낙네 오가던
발자취를 감추어도
그곳에는 멈춤이 있더라
선 일단 멈춤

언제부터 였을까
어디서부터 시작했을까
내 어머니의 어머니
그 어머니의 어머니가
걸어온 길
나의 딸 그 딸의 딸이
걸어가야 하는 길

숱한 세월 그곳에는
모자란 듯한 이야기가
잔잔한 여울 속으로
스며들고 있었다.

민들레 가족

민들레가 참 예쁘다

한 번도 와 보지 않은 곳
또 올 수 없는 소담한 곳에
좀 모자란 듯 하나
가득 채워신 꽃송이
민들레 가족

생생하게 흥미롭게
봄을 만들어 내고 있지
느슨하게 여유롭게
봄바람을 느끼며

봄 하늘에 몸을 맡겨
하늘하늘 꽃샘꽃샘
머지않아 홀씨 되어
날아갈 테지만!

오늘은 민들레가 참 예쁘다

명자꽃의 일생

검붉은 눈물 뚝뚝 떨구는
아가씨야 초연할 수 없어서
그렇게 토해내느냐
열정은 장미보다 뜨겁고
사모하는 마음은 매화보다 깊어라

가슴에 담고 세월을 품고 동구 밖 언저리에
바람만 잡던 명자야
울지 마라 울지 말고 내 품에 안겨다오
뜨거운 내 가슴에 안겨다오
붉은 잎 상열은 시리고 저려서 쓰러지는 인생

그리워서 휘청이는 거미줄 인생
방울방울 눈물로 얼룩진 운명
명자야 기다리다 지쳐
뚝뚝 떨어지는 붉은 눈물.

하얀 밤 그리고 봄

잔잔한 여울 화목의 거리
침묵은 진토가 되고 하얀 미소는
풍장으로 수를 놓는다

하얀 세상 은빛 진주는 춤을 추다
딜근딜근 솜사탕 되어 날아가고

지난해 민들레 진자리
하얀 거리에 휘청이던 발자국
어느새 돌부리 역 구리에
제비꽃이 피어나고.

연민이 되는 것은

북풍한설도
잘 견디었건만
설핏 이는 바람에
부끄러운
속내를 들키고

핏빛 상처 피투성이 되어
낭자한 상흔은
하늘도 울고
나도 울고 말았네

오늘은 그저
오늘 만은 아닌것을
떨어져 누더기 덮어
감춤이 되어도.

아이리스

들꽃으로 살다가
바람결에 날아 임 계신 곳
향기 담고 떠나시려나

수술 밑 살포시 내려앉은
노랑나비 한 마리 실긍살긍
구애를 하다가 꽃살 품고
새근새근 잠이 든다

아파도 아파도 울지 못하고
아물지 않은 상처 수연 지게
이슬로 달랜 한세월

사랑이 깊어 향기도 진하여
임가신 십리 길 돌아보며
들꽃처럼 살다 가리

제목 : 아이리스
시낭송 : 박영애
스마트폰으로 QR 코드를 스캔하면
시낭송을 감상할 수 있습니다

은혜로운 가을

하늘은
더없이 높고 청아하여
콕 찌르면 쏟아져 내릴 듯하고
갈바람 턱밑에 내려앉아
짬짬이 웃고 있습니다

여름은
아직 남은 질긴 미련으로
오늘을 버티나 봅니다
오는 가을을 시샘하며
밀어내려는 듯 놓지 못하는
여름의 끝자락이 눈물겹고

짬짬이
부는 갈바람은
심성도 곱고 좋아서
예쁜 미소로
여름이 떠날 빈자리를
은혜롭게 기다립니다.

붉은 노을 눈물이 되고

붉은 노을 당신이
그리워서 울다가 지친 상흔
실랑이며 설핏 드는 바람
행여 당신일까 품어봅니다
반가워서 울컥거리는 마음

누가 볼까 부끄러워
소리조차 낼 수 없어
명치끝에 담아 두었더니
억장을 켜켜이 끼워놓은 듯
사무치는
그리움을 삼킬 수도
토해낼 수도 없습니다

부족한 성정은 남겨진
쓰라림으로 눈물겹고
핏빛 노을 꽃 지고 나면
은하수 바다에서
뚝뚝 떨어지는 은빛 진주는
하나 둘 기약 없는
그리움의 바다에 흩어져
흔적 없이 사라지고 말겠지요!

그리움은 노을지며

갈바람 순풍 지며
설핏 스치니

그대와 함께한
시간들이 꿈만 같고

도래할 수 없는
젊음은 아쉬움으로

시간의 바다에
진주처럼 흩어지고

서녘 일몰 산하에
노을 꽃 장황한 채

아련한 그리움은
목놓아 울고 있네!

흐트러진 마음

비틀거리는
마음이 비 때문일까

무너진 벽에
안타까운 기력조차 없어라

벽을 치지도 않았건만
무너진 채 널브러져

비바람에 휘청이다
가지 꺾인 배롱나무 끝에

흠뻑 젖은 벌 한마리
외롭게 떨다 죽을지도 몰라,

무소유

무던히 야속하다
애태우지 마라

소유하려 하니
멍울지는 거다

털어내어 보아라
다 내어 주어라

비워야 비로소
편해지지 않겠냐,

잔영

째깍째깍 요란한 소리
조롱이라도 하듯
모두를 어둠의 잠식 속에
가두고

은빛 **초침**
하얀 울음소리 차 깍 차 깍
진주 되어 뚝 뚝 고독 속에서 허우적거리다

칼! 창으로
베지 않아도 깊고 깊은 창 상해
혀끝으로

비 내리는 날

그대가
보고 싶습니다

이렇게 비가
내리는 날에는
그대가 보고 싶어

청초한
내 마음에도
꽃비가 내립니다

그리움에 젖어
빗줄기 따라
내 눈물도 흐릅니다

이렇게
비가 내리는 날에는
당신이 그리워
몸서리치는 순간!

배롱나무 아래에서

성하의 계절 배롱나무
꽃이 피어 벌 나비 벙실거린다
긴여를 몽글몽글 꽃송이 속의 꽃
곱으로 피고 지는 화연

하루하루 시나고 또 시나
해를 품고 미소 짓고 달을 먹고
눈물 짓는 석 달 열흘 백일홍
들숨 날숨 피고 지는
아픔의 눈물을 그 누가 알리오

백마 탄 왕자님은
세상에 있긴 하나
실크로드에서 황금 궤짝은
나올 수 없지
신데렐라 유리구두는 절대
호박 마차로 변하지 않아

백마탄 왕자 황금 궤짝

호박마차도 좋지만

배롱나무 아래에서

소박한 소원 하나 빌어 본다.

민들레 품속에서 그때는

매지구름 지나는 날
그때는 그런 이별을
했었나 보다
끝내 사랑한다는 말을
전하지 않았다고

먹먹해 지는 날
하얀 날개 하얀 천사
하늘에 오를 때
애달픈 사연 하나 가슴에 품고

어떤 모습을 전하며
어떻게 해 줄 수 없어서였을까
그래 그때 그렇게
이별을 했었나 보다
하얀 미소를 남긴 채.

그대와 사랑하고 싶습니다

나란히 발을 맞추고
어깨를 쓰다듬으며
꽃비 내리는 그날
개나리 장황 일때

오손도손 손을 잡고
청아한 눈빛에 쪽빛 하늘을 담고
무지개 핀 하늘에
꽃잎 흩날릴 때

영롱한 이슬 풀잎에 맺혀
사랑을 속삭일때
그렇게 싱그러운 날

그렇게 상큼한 날
그대와 꿀물같은
사랑을 하고 싶습니다.

시 음악 커피 그리고

시
말하며 논하고
읊으며 젖어 들다
느끼면서 센치해지고
피와 땀 눈물인 나에 인생
나에 꿈 나의 친구

음악
즐기며 맡겨가며
희망을 품고 그 속에
쪽빛 하늘 드넓은 창공이 있다
끝이 없는 대지
때로는 벗이고 동반자이며
스승 같은 친구

커피

음미하고 즐기는 친구

아침을 열어주고 한낮의 나른함

향기로 감싸주네 피로에 젖어 있을 때

그윽한 향의 한 모금은 솜사탕 사르르

달콤한 여유를 주는 친구

그리고.....

그리움은 빗물 따라

갈바람 순풍 지며
가을비 갈 잎새에
뺨을 어루만지는 날
그립다 하기에는
지워진 마음이
니무 커서 야속하고
아픔이라 하기에는
이쁜 기억이 겹겹으로
심장에 박혀 남겨진 마음이
아련한 기억들로 이미
삼켜버린 눈물은 목젖에
다시 밀려와 한편의 수채화를
그리려 합니다
그리움은 추적 추적 울컥이며
추적이는 비의 렙소디

어둠의 무법자

아 어디로 가야 하나 참새는 떠나고
영원할 것 같던 짹짹이들 어디로 갔을까
허망하지 않는가

삐딱한 허수아비 다리는 부러진 채
적막한 밤의 세상을 누빈다. 휘젓는다.
삐걱삐걱 삐닥삐닥

적막을 감싸 돌아 어둠을 삼켜도
밤의 세상을 누비는 무법자
욕심이 추악하여 삐딱이 되었네

붉게 타오르는 여명
새벽을 뚫고 들판의 아침이 밝아 오는데
허우아비 살아야 하니 부러진 다리에
바퀴를 달고 일어서려 한다

그 추악한 아가리로 어디 한번
세상도 삼켜봐라.

낮과 밤의 이면은 하루를 채우고

어둠은 온 힘 다해
아침을 끌어 올리며
자기 할 일을 다 한 듯이
사라져간다
저물어 가는 해는
후회와 침회 기쁨과 흰희를
두루 아우르며 어둠을 부르며
멀어져간다!
무지개를 꿈꾸는 우리는
모자이크된 조각을
어루만지며 하루하루를
보낸다
그렇게 우리의 하루는
여러 색으로 색칠된 채
정점을 찍고 밤을 다시
끌어안으며 내일을
기다린다

제목 : 낮과 밤의 이면은 하루를 채우고
시낭송 : 박영애
스마트폰으로 QR 코드를 스캔하면
시낭송을 감상할 수 있습니다

한적한 산골 저녁

배고픈 해 산허리를
휘감아 넘어들 때
자작나무 꼭대기
걸터앉은 구름 한 조각

엉큼한 여우 바람
구름의 볼기짝을 훔쳐보며
장난질에 흥겹고
땅거미 내린 산골엔
짝 잃은 서쪽새 울음 메아리친다

까치걸음 총총
밀려드는 어둠은
부엉이 얄궂은 사랑질에
시샘하기 바쁘고

슬피 울던 매미의
달콤한 애무는
야한 밤은 깊어가는 줄 몰라.

그리움으로 물든 그대

그대여
아파서 부를 수도 없는
그대라는 이름
손에 쥐어도 품에 품어봐도
허상뿐인 그대 가슴속에
남아둔 그대라는 이름.

그대
머물던 그 자리
잉여 줄이라 여겼건만
그대는 별빛이 되고
서글픔은 오뉴월
서리가 되어 내리니
어찌 이유가 없다 하리오.

그대여
찬 서리에
젖어 멍든 내 마음
갈래갈래 갈라지는
새끼줄과 같아라
아파 부를 수도 없는
그대 이름
고이 접어 마음속
깊은 강에 넣었으나.

그대는
어느새 저 바다 위에
그리움으로 떠올라
하얗게 부서진 채
철썩이며 아스라이
여울지네!

꽃보다 아름다울까?

안개 꽃잎에
아스라이 내리니
참 아름답습니다
나도
아름다움을 내뿜어
표현해 보려 합니다

꽃보다 아름다울까요?
중년의 여인은
또 한 번의 계절을
품으로 안으며
한껏 자태를 잡아봅니다

꽃보다 아름다울까요?
듣는 이 없는
허공에 질문을
던져 보련만 대답 없는
바람과 구름은 유유히 흐릅니다.

꽃보다 아름다울까요?

세월 조각에

이어지는 사연

뻣뻣한 허리와

선명해지는 건망증이지만.

그래도

꽃보다 아름답다고

나무에게 말을 합니다

 제목 : 꽃보다 아름다울까?
시낭송 : 박영애
스마트폰으로 QR 코드를 스캔하면
시낭송을 감상할 수 있습니다

오작교 사랑

저린 가슴 쓸어내리며
언제라도 건널 수만 있다면.
오늘 죽는다고 하여도
후회하지 않으렵니다.

슬픈 것은 슬픈 데로
아픈 것은 아픈 데로
묻어 두고. 씨실과 날실의
운명처럼 같은 곳을 향하나
만날 수 없는 견우직녀의
슬픈 사연.

칠월 칠석 수많은 날을
눈물로 보내며 기다려 온
세월 일 년에 한번 열리는
오작교에 가보고 싶습니다.

가없는 세월은 꿈결 같고
언약했던 잉여 줄 꼭 쥔 채
건널 수만 있다면 오작교
저편 그런 사랑을 하겠습니다.

사랑한다고 말할 걸

무슨 말을 기다렸던가
기다리는 마음은 언제나
설렘이었다

그러나 은밀히 속삭이는
바람과도 같아서 은 개비
홀연히 사라지던 날

팔짱 끼고 옆에 앉아
도란거리던 그대 흔적은
묘연하고 허공엔 감춰진
허상뿐이네

손을 뻗어 보면
그대 없는 빈자리
기약 없는 기다림은
무지개가 되고 말았네
사랑한다고 말할 걸!

여름을 보내며

춘삼월 꽃바람이 언제였던가
모질게 하던 여름 지친 여름
아직 끝나지 않았는데
오늘 아침 시원한 바람이
살갗을 건드리며 스쳐는 듯

올여름 힘들었던 마음 모두
다 갈바람에 훨훨 날리고
사랑과 행복이 처벌 넘치는
가을맞이하시기 바랍니다

가을이 오는 소리는
우리를 위해 빠른 걸음으로
언덕 저편에서 숨 고르며 오고 있습니다

두 팔 벌려 멋진 가을을
맞이하여 보아요 낭만 계절
추억 가득 넘치는 계절을
만들어 보아요

시들은 사랑도 꽃을 피워보시고
여름에 갈라졌던 마음도 다독이며
긴긴 여름 애 많이 쓰셨지요
고생하셨습니다.

여름아 안녕!

외로운 나그네

왠지
어깨가 움츠려
꺼진 땅 들고는 바라본다.

좁은
어깨가 마음을
온통 다 차지하고 대답 없네.

쓰린
허전함 하나가
이렇게 질기게 남아 붙는데.

마음
한켠을 쓸어보니
건질 인연이 나오지 않는다.

세월
흐른 시간조차
남김 없는 비움이 되었어.

바램
마음에 깊이가
찢겨져 서러울 뿐이다.

인연 순간의 소중함

살아 숨 쉬는 동안
순간순간 어느 한 가닥도
소중하지 않은 것이 없다

소슬바람에 나부끼며
휘청거리나 안갯속으로
사라지는 무지개 인연

길섶에 박힌 작은
돌멩이 개망초와 질강이
만나 작은 가족 이루는 인연

아침 이슬 거미줄에 살짝
걸터앉아 동이 트면 사라질
한 목숨 다하는 찰나의 인연

영산홍 옆구리에
꼬물거리는 바람과
도란도란 속삭이는 꽃잎의 인연

깊은 밤 별빛 내린 공원에
가로등 감싸 안고 복사꽃 꽃비
내리는 밤의 향연

그 무엇 하나
소중하지 않은 것이 없다.

그리운 울언니

가슴속에 자리한 지울 수 없는
차라리 꿈이길 소원하는 이야기

마음속에 동아줄 하나
얽매인 채 끝이 없는 아픔

슬픔의 바다는 끝이 없는 눈물
입니다. 내려지는 어둠을 품고

비가 오는 날에는 마음에
패진 상처가 더 깊어져

가을 날 벼이삭 손으로 비벼주던
울언니 껍질반 쌀알반 눈물반

그리움은 그때의 생 쌀을 씹는 듯
싸그락 싸그락 가슴에 씹히고

그리움은 멍이 되어 멍울진 채
그것마저도 사랑이라 하며

이제나저제나 오늘도
기다립니다.

그대 그리운 날

그대 그리운
날에는 하늘을 보며

흐르는 구름에
몸을 맡겨 봅니다

그대 그리운
날에는 호숫가에 나가

물 위에
몸을 띄워 봅니다

혼탁한 마음은
청아한 하늘처럼 맑아지고

휘청이던 영혼은
호수처럼 평온이 왔습니다

상사화

이슬 한 모금 먹다 지치고
눈물 한 방울 삼키며 쓰러지고
휠 듯이 앙상한 꽃사리

토해 내는 향기는
임을 부르려 쑥쑥 자라
장다리 되었네

그리움에 사무치고
서러움에 목이 미어진다

상사화(2)

기다린 사연은 만날 수 없어
눈물짓다 쓰러지고
바스러진 몸 슬픔으로
방울방울 이슬지다 떨어지네
뭉게구름 하늘 꽃 피면 오시려나
코스모스 피면 오시려나 기다리는
마음은 노을 진 하늘에 눈물 꽃이 피었네

상사화(3)

구름 가시면 오시려나
바람 가시면 오시려나
기다림에 지친 꽃 사리
말라버린 잎 사위어가는 몸
하늘도 눈물 짓는 애달픈 사연
애성지는 바람아래 매밀꽃만이 초롱지네

비가 오는 날

빗물 먹은
나리꽃이
호랑나비 되어
유난히 선명하게
나풀 거리네
젖은 날개
털어내다
몇 안 되는
꽃잎 떨어지면
어쩌나
청초한 잎
날아가면 어쩌나

비가 오는 날이면
명치끝이
뻐근해지는 것은
눈물과 같은 외로움
허함이 누르지
못하고
표현하지 못하는
음표가 아닐까

투둑투둑

빗물 따라

세상 모든

근심 걱정

시름까지 씻겨

내리기를 바라며.

달무리 진 밤에

어둠 내린 창가에 달무리 품은
그리움의 쪽배는 은하수 바다에
띄워졌습니다.

스산한 바람은 감출 수 없는
적막 속으로 스며들고.

옛 생각에 눈시울을 적시며
뜨겁게 치밀고 차 올라와
명치끝에 꽉 걸렸습니다.

사랑의 세레나데를
들려주던 총각
달빛 내린 창가에 기대어
달 같은 미소로 해맑게 웃던 처녀
달무리는 사랑하는 이들을
이어주는 파수꾼이었나 봅니다.

그 시절 예쁜
잉여 끈 하나씩 나눠
손목에 걸고 맹세하며
샛별 같은 눈 지그시 감고
앵두 같은 입술로 뜨겁게
다짐하던 달밤.

이 밤 어딘가 달무리 진 하늘
젊은 연인들의 세레나데는
달콤한 키스로 사랑이
싹트고 있겠습니다.

시선을 붙잡고 걸음을
멈추게 하는 뽀얀 달무리
쓸쓸한 밤 배고픈 그림자는
시간을 뺏어가는
뚱뚱한 달이 밉습니다!

박 속 나물

어머니의 하얀 미소는
배꽃보다 예쁘고
박꽃보다 더 아름답다
박 속 나물을 먹으러
과거로 타임머신을 타고
여행을 떠나 보려 합니다
어머니의 거친 손끝에서
배어나는 손맛은 꿀맛보다
달콤했고 마법사보다 더
요술쟁이였습니다
새끼들 배 골리지
않으려고 가마솥에
물 가뜩 부어 박을
삶는 그 순간 어머니의
얼굴에 미소는 햇살도
비켜갑니다
박 속이 흐물흐물해지고
팅팅 불어서
수저로 떠먹으면
하얀 박속은 입어서

살살 녹았지요!

오손도손

한 바가지 게 눈 감추듯 하고

볕 좋은 날이면 말려서

얼멍얼멍한

바구니에 쫙 펴 말려

나물로 무쳐 먹었던 기억

마법사가 조화 부린 듯

오묘한 맛!

박 한 통 삶으면 동네잔치였고

된장 고추장 섞어 장 넣어서

비벼 수북이 쌓아

입이 터지라 먹으면

아 그 맛이 ~~

추억이 새콤달콤한

그리움이 아름아름

전라도식 박속무침

먹고프고 그립습니다!

그냥 좋아서

좋아서 그냥 좋아서
왜 좋으냐 말 하라시면
딱히 꼭 집어서 말 못 합니다
그냥 좋아서

이찌 그리도
조건 없는 사랑으로
애를 태우냐 하시면
딱히 꼭 집어서 말 못 합니다
그냥 좋으니까요

꽃잎에 맺힌
이슬과도 같다 하시면
딱히 꼭 집어서 말 못 합니다
그냥 좋아서

무조건적인 사랑은

파란 하늘에 두둥실

떠가는 뭉게구름 같은 것

딱히 꼭 집어

말할 수 없어요

사랑은

가끔 명치끝이

뻐근하다지만

가끔은 붕붕

가을 하늘 잠자리 되어

붕실 거리며 날곤 합니다

좋아서 그냥

좋아서(for in Love)

타는 여름

마음이
하늘을 닮아
뜨겁고 무겁고
오존으로 감싸여져
이글거리다 지쳐
서러움을 토해 냈습니다.

마음에
흐르는 눈물 빛은
내딛는 발끝에 닿는
돌부리를 가늠할 수 없어
흐릿하게 안개가 피었습니다.

마음은
서 있을 바를 몰라
피고 지는 꽃이
안개로 덮였건만
알 바를 모르는 채
향기를 뒤로했나 봅니다.

마음은

하늘 보며

본질을 거역하려 하지만

바람이 나직이 속삭여

울다 웃다를 반복하려 합니다.

마음은 언제쯤

푸른 창공을

날고 있을까요

곧 가을이 올 테고

그럼 그때 사랑도 오겠지요.

그리움 이슬처럼 진주 되어

방울방울
풀잎에 맺은 이슬
알알이 햇살을 품고

내 그리움의
눈물이었나
지워도 지워도
지울 수 없는 상흔

파도처럼 산산이
부서져 목전에 차오르는
그대 향한 그리움

은빛 진주 되어 알알이
풀잎에 내려져.

박꽃

하얀 속살이 부끄러워
밤에만 피는 여인
달맞이꽃처럼 달빛 내리면
애처로운 너는 야화

뽀얗게 분칠한 화관은
너그러운 엄마 미소
수줍은 여인네

밤이 되면 하늘 향해
손짓하고 열두 폭 치마
앞자락 펄럭이며
바람 불면 바람 벗 삼아

해 뜨면 잎새 뒤에 숨어들고
떠가는 구름 잡고 살금살금
노을 지면 노을 벗 삼아
달근달근 미소 짓고

그러다 어느 날 지붕엔
박꽃 지고 달님 별님 잔칫날.

무지개다리

천 근의 다리 만 근의 세월을 등에 지고
끝이 없던 슬픔의 바다에 무지개다리가 되어
세월의 한줄기 작은 빛
품어내며 휘청이는 연

모긴 바림 시빈 바람
기다려온 긴 세월은 삭풍도
세풍도 비껴갈 고매한 자태
눈물로 여울지는 무지개다리

천 근을 달고 만근을 매고
지나온 세월은 억장을 끼워 놓은
도망가 버린 사연 시간을 업고
달려가는 야속한 임

오늘은 오늘만은 고운 색동저고리에
열두 폭 치마로 매무새 단장하여 무지개다리 저편
꽃잎 하늘하늘 꽃바람 일렁이는
당신께 가보렵니다

꽃잎의 사연

모진 바람 시린 세월
북풍한설 인고의 시간을
견뎌낸 가녀린 꽃 한 송이 꽃

파란 잎 하나 화폭에 풀칠하고
노란 잎 하나 정갈하게 색 입히고 빨간 잎 하나 다독여
덧칠을 하고

한 겹 두 겹 쓰다듬고 어루만져
피워낸 곱디고운 꽃 한 송이
포도청에 거미줄 이을세라
바람 잘 날 없었네

피고 지는 꽃잎의 사연
어언 세월 시들어 맥없이
떨어지는 한 떨기 꽃잎
눈물로 여울지는 저녁노을

제목 : 꽃잎의 사연
시낭송 : 박영애
스마트폰으로 QR 코드를 스캔하면
시낭송을 감상할 수 있습니다

흩어진 약속

지구와 태양이 사라진다 해도
나는 당신 곁에

달빛처럼 외로이 눈물 흘려도
나는 당신 곁에

수많은 밤을 하얗게 태워
일생 동안 슬픈 날이

허리를 휘감아 돌아도
나는 당신 곁에

머물 거라 언약해놓고

검은 은하수 바다에
흩어진 모래알

산산이 부서지는 파도는
꿈이었나요

그리운 내 동무

구름 걷히면
다시 오겠다고 하였네
하얀 찔레꽃 지기 전에
다시 오겠다고 하였네

야속한 구름은
수 천 번 걷히고 걷혀
찔레꽃 다시 피어
천지가 보송한데

찔레꽃 사이에 들어
배시시 웃으면서
붓꽃 같은 피부
네가 나보다
더 이쁘다고 했던

단발머리 순이야
언제나 만나려나
그리운 옛이야기
나눌 수 있으려나

좋아하던
찔레꽃 그 동산에서.

제목 : 그리운 내 동무
시낭송 : 박영애
스마트폰으로 QR 코드를 스캔하면
시낭송을 감상할 수 있습니다

오월과 유월 사이

은혜로운 오월은
아팠던 오월
바람개비 날리며
임 가신 오월
서녁 하늘 노을 지듯이
다시 올 기약만 남긴 채
잠들어가고

지난날의 오월
그날이 다시 왔건만
어느 날 어느 때 아팠나?
그리 길지 않은 세월이건만
어느새 잊고 살고 있더라

오월과 유월 사이
어둠 밤은 깊어만 가고

파란 하늘 아래
녹음 진 유월
푸른 바람 맡으며
푸르름 풍성한 날

기다리지 않아도
옆에 와 여유를 주고
어느 날 어느 것 하나도
싱그럽지 않은 날이
없을 터

웅장하고 숭고한
대 자연 속에서
지고지순한 나무와 꽃
그 꽃들과 나무 사이에서
협력하고 순리와 이치에
순응하며.

제목 : 오월과 유월 사이
시낭송 : 박영애
스마트폰으로 QR 코드를 스캔하면
시낭송을 감상할 수 있습니다

아침 달

하현달 늦은 걸음 달 걸음
실눈 뜨고 햇살을 품었네
긴긴 세월 그리워하나
만날 수 없는 운명
그리움에 지쳐 울다
기던 길 멈추고 동쪽 하늘 바라기
채워도 담아도 끝이 없는
시린 마음 가시랭이 마음
메밀 눈으로 눈물 훔치는
해를 품은 아침 달 낮달

당신에게

해맑은 미소를 사랑하는 당신
늘 해맑게 웃으리다

좋은 일만 가득 하라 하신 당신
늘 행복만 품으리다

별빛 내린 창가에 하늬바람
순풍 지니 그리움이 구성져서

머리는 가슴을 이기지 못하고
갈래갈래 갈라져서

긴긴밤 소슬바람은 시간을 타고
처연한 은막으로 스며들고

사무치는 그리움은 은빛
진주가 되어 여울지네.

빈 의자 그리고 별

어둠 내린 검은 창에 별빛만이
무수히 내리고 초롱초롱 빛나는
눈동자 하나 먼 하늘만 응시하고
고요한 밤하늘 별빛으로 물들이고.

외로움은 어느새 의자 속 세계로 스며들어
밤을 하얗게 지새우네!
생각은 흐르는 강물 은하수 사이로 유유히 흐르고
유난히 빛나는 물병자리. 물고기자리.

낯선 하늘 끝자리 한 곳에
빛을 내리고 그리운 사연 하나
묻지 않아도 알 수 있는 하얀 미소
아픈 사연의 파란 샛별.

얼마나 그리우면 별이 되었나?
파랗게 하얗게 존재를 말하고
해 뜨면 사라질 처연한 별
의자는 또다시 덩그러니!

먼 훗날 우리 이렇게

언제나 우리 걷는 걸음에
나란히 나란히 발을 맞추고
어깨를 토닥이는 곱진 사이

한 줌 안에 들것 같던 석양
가려보니 내 손이 작아 그대
손 살짝 올려 포개며 오손도손
석양을 가리고

말하지 않아도 무슨 생각을
하는지 입꼬리는 장미가 되어
긴 시간 노을 진 하늘 바라보고
서 있을 우리!

진주앓이

심신수 시집

2021년 10월 13일 초판 1쇄
2021년 10월 15일 발행
지 은 이 : 김진주
펴 낸 이 : 김락호
디자인 편집 : 이은희
기 획 : 시사랑음악사랑
연 락 처 : 1899-1341
홈페이지 주소 : www.poemmusic.net
E-Mail : poemarts@hanmail.net

정가 : 10,000원
ISBN : 979-11-6284-323-9